삶의 정원에서

삶의 정원에서

발행일	2015년 4월 24일

지은이	이 병 행		
펴낸이	손 형 국		
펴낸곳	(주)북랩		
편집인	선일영	편집	서대종, 이소현, 이탄석, 김아름
디자인	이현수, 윤미리내	제작	박기성, 황동현, 구성우
마케팅	김회란, 박진관, 이희정		
출판등록	2004. 12. 1(제2012-000051호)		
주소	서울시 금천구 가산디지털 1로 168, 우림라이온스밸리 B동 B113, 114호		
홈페이지	www.book.co.kr		
전화번호	(02)2026-5777	팩스	(02)2026-5747

ISBN   979-11-5585-553-9 03810 (종이책)   979-11-5585-554-6 05810 (전자책)

이 도서의 국립중앙도서관 출판예정도서목록(CIP)은 서지정보유통지원시스템 홈페이지(http://seoji.nl.go.kr)와
국가자료공동목록시스템(http://www.nl.go.kr/kolisnet)에서 이용하실 수 있습니다.
(CIP제어번호 : CIP2015012094)

이병행 단상집

삶의 정원에서

북랩 book Lab

차례

일등과 꼴찌

달리기에는 일등과 꼴찌가 있습니다. 하지만 우리 삶에는 일등도 꼴찌도 없습니다. 일등이래야 꼴찌보다 한발 앞서갈 뿐입니다.

모든 면에서 일등인 사람은 오히려 고독하지 않을까요? 남들보다 먼저 가려고 앞뒤좌우에 누가 있는지조차 모르고 오직 앞만 보고 뛸 테니까요.

꼴찌라고 무시해서는 안 됩니다. 꼴찌도 나름 일등을 할 수 있는 분야가 있기 때문입니다.

일등만 손을 들어주지 말고 꼴찌의 손도 들어준다면 그도 남들보다 더 뛸 수 있는 동기를 부여받을 수 있습니다.

꼴찌는 영원한 꼴찌가 아닙니다. 순서는 언제든지 바뀔 수 있으니까요!

은사시나무

　고사리 손으로 심은 은사시나무가 지금은 우리키의 몇 배 높이로 자랐습니다.

　칠읍산 중턱 골짜기에는 지금 멀리서 보아도 한눈에 들어올 만큼 하얀 줄기의 은사시나무가 군락을 이루고 있습니다.

　어릴 적 그 조그만 손으로 심은 나무가 저만큼 큰 것을 보면 뿌듯하기도 하지만, 당시 선생님들이 왜 그런 일을 시켰는지는 모르겠습니다.

지금 초등학생들에게 나무를 심으라면 할 수 있을까 싶네요.

그 시절 추억이 지금 와서 이렇게 좋은 글감이 될 줄은 몰랐습니다.

운동회

국민학생(지금의 초등학생) 시절 1년 중 가장 큰 행사를 꼽으라면 단연 가을 운동회입니다.

그때는 학생 수가 많았기에 운동회의 규모가 컸고 청군, 백군 간 경쟁이 치열했습니다.

남학생들은 곤봉체조, 기마전, 탑 쌓기, 달리기 계주 등의 종목을 주로 치렀고, 여학생들은 한복을 입고 부채를 펼친 채 고전무용을 주로 했던 기억이 납니다.

오전 운동회의 피날레인 박 터트리기를 끝내고 점심을 먹던 기억이 새록새록!

내 친구 권상이가 응원단장이 되어 앞에서 목이 쉬어라 응원을 하고, 운동회가 끝나고 집으로 가면서 동무들이 서로 공책을 몇 권 받았나 자랑하던 그때가 그립습니다.

이제 우리에게 이런 즐거움을 줄 수 있는 운동회는 추억의 저편이 되고 말았습니다.

우리가 배우며 뛰어놀던 학교가 지금은 왜 이렇게 작게만 보일까요!

행복

행복을 눈으로 본 적이 있나요? 아니면 손으로 만져본 적이 있나요?

지금 내 옆에 행복이 와 있는지 한번 둘러보세요. 내가 지금 행복을 차 버리고 있지는 않은지. 눈에 보이거나 손에 만져지는 것이 아니라서 나도 모르게 내 옆을 스쳐 지나갔을 수도 있으니까요.

사람들은 행복에 둔합니다. 불행에는 민감하면서도 유독 좋았던 일들, 행복했던 시간에는 둔합니다.

인생을 살다 보면 행복했던 시간이 있었을 겁니다. 그것을 행복이라고 느끼지 못했을 뿐입니다.

평생 행복할 수는 없습니다. 행복이 있으면 불행도 있습니다. 하지만 행복은 작은 일에서도 얼마든지 찾을 수 있습니다. 내가 서 있는 자리, 내가 하고 있는 일, 좋은 친구를 만나는 일! 그것이 바로 행복의 시작입니다.

양쪽 손을 내밀어 보세요. 손바닥 안에 행복이 가득 담길 수 있도록 행복을 드리겠습니다!

소주를 말하다

너는 무엇이기에 남녀노소 누구나 네 매력에 빠져 있는지 모르겠다.

파란 옷을 입고 무색의 출렁임으로 알싸한 향기를 풍기는 너! 어디에서나 만날 수 있는 너, 흔해빠진 너를 사람들은 무척이나 좋아한단다.

사람들은 너로 인해 싸우기도 하고, 너로 인해 병이 들기도 하고, 너로 인해 기분이 좋아지기도 한다. 또 너의 힘을 빌어 용기를 내고, 너를 이용해서 화해를 하기도 하지.

너는 도대체 어떤 매력의 소유자일까? 아담한 사이즈? 쓰디쓴 맛? 맑디맑은 무색의 출렁임? 잔에 따를 때마다 수줍게 흐르는 소리?

사람들이 너의 알 수 없는 매력에 휘둘려 기분이 좋아지기도 하고 나빠지기도 한다는 것을 너는 알고 있을까?

너보다 더 매력적인 존재는 아직 못 본 것 같다. 사람들이 너를 마시고 모두 행복해졌으면 좋겠다. 대한민국 사모님들이 "네가 웬수야."라고 하는 말을 듣지 않도록 말이야.

친구와 거지

만약 당신이 거지 중의 상거지가 되어 찾아간다면 당신을 반갑게 맞이해줄 친구가 있나요?

거지가 되었어도 그가 당신을 친구로 생각해준다면 당신은 행복한 사람입니다.

당신이 부를 가졌을 때만 친하게 지내다가 거지가 되면 쳐다보지도 않는 친구라면, 그는 당신의 부와 친구였지 결코 당신의 친구는 아니었던 듯합니다.

부유하든 가난하든 변함이 없어야 진정한 친구가 아닌가요? 친구의 마음은 마트에서 돈을 주고 살 수 없으니까요.

만약 당신에게 그런 진솔한 친구가 있다면, 당신은 지금까지 누구에게든 존경받을 수 있는 삶을 살았다고 자부해도 될 것입니다.

돈으로 살 수 없는 친구를 몸과 마음으로 얻었으니 어찌 기쁜 일이 아닐까요?

따뜻한 마음의 통장을 드립니다

　우리에게 따뜻한 마음의 통장이 있다면 여러분은 그 마음을 어디에 쓰고 싶으십니까?

　은행에서는 돈을 넣는 통장을 만들어 주지만, 나는 따뜻한 마음의 통장을 만들어 주고 싶네요. 착한 사람은 더 착한 일을 하고, 악한 사람은 착한 사람이 되라는 뜻으로요.

　비록 돈이 들어있지는 않지만, 대신 따뜻한 마음이 들어있습니다. 어느 누구에게든 줄 수 있는 통장, 어느 누가 받아도 부담되지 않는 통장!

　나는 그런 따뜻한 마음의 통장을 여러분께 드립니다.

　부디 거절하지 마시고, 여러분이 좋은 데 쓰시기만 하면 나는 더 이상 바라지 않겠습니다!

하루의 문턱에서!

누구에게나 아침은 매일 찾아옵니다. 좋든 싫든 하루라는 시간은 똑같이 나누어서 쓰게 되어 있지요.

어떤 사람은 새벽부터, 어떤 사람은 해가 중천에 떠 있을 때 하루를 시작합니다. 하루라는 시간을 알차게 보내는 사람도 있지만 어영부영 무의미하게 보내는 사람도 있을 것입니다.

하루의 문턱에서 오늘을 어떻게 보낼까 생각해본 적이 있나요? 매일 직장에 다니며 쳇바퀴 도는 듯한 하루를 보내더라도 그 시작점에서 어떤 생각을 하고 있나요?

하루의 문턱에서 오늘을 설계하는 사람이 되세요. 거창하지 않더라도 하루를 즐겁게 일할 수 있는 소박한 설계를 해보세요. 창가에 앉아서 커피 한 잔 마시며 오늘의 행복을 만들어 보세요.

좋은 일이 생길 수 있도록!

이런 친구가 있다면?

내게 이런 친구가 있다면 얼마나 좋을까요.

누구나 한 번쯤은 생각해 보았을 겁니다. 내가 힘들 때, 내가 고민하고 있을 때, 내가 세상을 껴안고 씨름하고 있을 때, 친구의 고민을 알아채고 술 한 잔, 저녁 한 끼 먹자고 전화해주는 친구!

내게 이런 친구가 있다면 얼마나 좋을까요. 세상의 고민을 같이 나누며 삶의 부질없는 짓도 함께 나눌 수 있는 친구!

그런 친구가 있다는 것은 어쩌면 하늘의 복을 받은 것일 수도, 아니면 부처님의 공덕일 수도 있지 않을까 생각합니다.

요즘은 사촌도 멀게만 느껴지는 시대이고, 형제도 부모님 살아계실 때까지만 형제라고들 합니다. 예전에는 사촌보다 더 먼 친척들도 가까이 지냈지만, 요즘은 핵가족화되다 보니 이런 일들이 만들어지지 않나 하네요.

모름지기 어디에서 어떤 어려움이 있어도 친구의 자리를 저버리지 않는 친구가 진정한 친구가 아닐까 생각합니다.

어느 누구든 친구는 다 있습니다. 진정한 친구냐 아니냐일 뿐입니다. 속을 감추려고 하지 말고 겉으로 표현해보세요. 친구의 아픔을 감싸주고 세상의 고민을 짊어진 친구를 안아도 주세요. 손을 잡고 따뜻한 온기가 흐르게 비벼주세요.

진정한 친구는 이런 친구를 말하는 것이니까요!

빈 수레

빈 수레는 큰 힘을 들이지 않고도 끌 수 있습니다. 너무 많이 실어서 끼룩끼룩 끌지 말고 조금만 덜어내세요. 한평생 끌어야 할 수레인데 왜 그리 무겁게 싣고 가는지요.

수레를 끌고 가다 보면 언덕배기도 있고 내리막길도 있을 터인데, 그때마다 도와줄 사람을 막연히 기다리기보다는 무거운 짐을 반이라도 덜어내는 게 더 쉬운 방법이잖아요.

인생의 끝에는 모두 빈 수레만 남겠지요. 그러니 짐은 덜어서 남을 주고 더 가볍게 끌고 가세요. 몸뚱이 하나 끌고 가기도 힘든 세상이 아닌가요?

마음은 넓게 욕심은 적게

마음이 넓어야 가지고 있는 것을 지킬 수 있고 그릇이 커야 많이 담을 수 있듯이, 좁은 마음과 좁은 생각은 하나를 지키는 데만 몰두해 있습니다. 욕심 또한 하나를 얻고자 하는 것이 아니라 더 많은 것을 가지려는 사람의 적지 않은 욕심일 뿐입니다.

마음이 넓은 사람은 하나에도 만족을 하지만, 욕심이 많은 사람은 하나가 아니라 열을 가져도 채워지지 않는 법!

마음은 사람의 얼굴입니다. 그 사람의 맑은 마음을 알게 되면 그 사람의 얼굴도 맑은 마음처럼 천사가 아닐까요?

욕심은 가져도 가져도 끝이 없습니다. 꼭 있어야 할 만큼만 있으면 그것으로 만족을 하지만, 욕심은 아무리 채워도 끝이 없습니다. 마음이 넓은 사람은 베풀기도 하지만, 욕심 많은 사람은 움켜쥐기 바쁩니다.

모두 다 두고 갈 것을.

카톡과 밴드 친구들에게

친구들아, 혹시 용문에 오거들랑 신의주 순댓국집에 들러서 내 이름을 팔아서라도 한 그릇은 먹어라. 서비스가 있든 없든 맛은 추천할 만한 곳이다. 혹 입맛에 맞지 않더라도 한 끼니까 괜찮지 않겠니? 내가 가는 단골 식당이기도 하지마는 군말 없이 서비스는 괜찮은 식당이란다.

돈이 없으면 꼭 내 이름, 또는 하우스 하는 사람이 가서 먹으라고 했다고 해도 괜찮으니 미안해하지도 마라. 내가 네 친구이듯 너도 나의 친구다. 멀리서 오다가다 그냥 가면 내가 서운할 수도 있으니까.

화전리 하우스에서 쌈을 손수 뜯어다 집에 가서 가족들과 맛있게 먹어주면 나는 그걸로 만족할 것이니 미안해하지도, 부담을 갖지도 말고, 정 미안할 것 같으면 컵라면 작은 박스 1개만 가져와라. 물물교환이면 되지 않겠니?

내가 그나마 하우스라도 하니까 여기에 올 수 있지 않겠니? 내가 돈을 들여서 사주는 것도 아니니 걱정은 붙들어 매고 오기를!

나는 친구들을 손님이 아닌 친구로 대접할 테니까 친구들도 손님으로는 오지 마라.

그냥 친구로만 와 다오!

삶의 정원에서!

여러분의 정원에는 어떤 것들이 심어져 있나요? 키 작은 꽃들, 아니면 키가 큰 나무, 아니면 그냥 야생화로 정원이 꾸며져 있나요?

여러분의 삶의 정원은 마음에 드시나요? 스스로 만든 정원, 삶을 가꾸듯이 그 정원도 가꾸고 다듬고 때론 물도 주고 풀도 뽑아주나요?

여러분의 삶도 가꾸어야 되지 않을까요? '나는 내 삶이 이러니까 이렇게 저렇게 살다가 가면 그만이지.' 혹 이런 생각을 가지고 삶의 정원을 꾸미지는 않겠지요. 어지러운 세상이라고 하지마는 삶의 정원은 예쁘게 가꾸어야 하지 않나요.

여러분의 삶의 정원에서 이름 모를 새소리도 들리고 이름 모를 꽃향기도 피어난다면 얼마나 좋을까요. 누가 여러분의 정원을 들여다본다고 해도 부끄럽지 않은 삶의 정원! 그 정원에서 어떤 향기의 어떤 꽃들이 피어날지는 아무도 모르잖아요.

본인만이 알 수 있는 여러분의 삶의 정원에서 누구나 들을 수 있는 새소리와 누구나 맡을 수 있는 꽃향기가 퍼져 나오기를 기대합니다.

봄 여름 가을 겨울

　사람은 누구나 사계절과 같은 인생을 살아가고 있습니다.

　어렸을 때 부모님 그늘에서 자라다가 커서는 혼자 힘으로 노력하며 살고, 결혼한 뒤에는 직장에 다니고 아이들을 키우느라 젊음을 쏟아붓습니다.

　한 살 두 살 나이를 먹어 보니 이루어 놓은 것은 자식농사뿐이 아닌가 싶네요. 해마다 친구들이 아이들을 결혼시킨다는 소식을 들으면서 벌써 이만큼 나이를 먹었나 헤아리게 됩니다.

이 나이를 계절에 비유하면 가을이 아닌가 생각해봅니다. 한창 사회에서 한몫을 해야 하는 나이이건만 우리 사회는 우리 뜻과 멀기만 하네요.

아이들 뒷바라지와 더불어 자신의 노후 대책까지 스스로 세워야 하는 우리 세대!

겨울로 가는 길목이 이리도 추운지요. 모두가 아픔을 견디며 저물어가는 가을 인생입니다.

당신이 머무는 곳

당신이 머무는 곳은 어디인가요? 그곳은 내가 갈 수 없는 곳인가요?

나는 당신이 머무는 곳이라면 어디라도 갈 거예요. 혹 돌아오지 못할 곳이라도 나는 그곳에 가렵니다. 당신을 사랑하니까요.

세상에는 갈 수 있는 곳과 가지 못할 곳이 있어요. 아무리 가고 싶다 한들 때가 있는 법. 당신이 그리울 때마다 나는 그곳을 먼 산 쳐다보듯 바라보겠지요. 빈자리가 이렇게 클 줄은 몰랐네요.

당신이 그리워지면 그곳을 바라보고 행복했던 시간을 되뇌며 마냥 그리워하겠지요.

그것이 미움이든 사랑이든 큰 의미는 없네요. 먼 훗날에 함께 있을 당신의 그곳!

도둑아 도둑아 예쁜 도둑아

어머니들은 딸을 도둑이라고 표현할 때가 있지요.

하지만 어느 어머니가 딸을 진짜 도둑이라 할까요. 귀엽게 표현하다 보니 그렇겠지요. 시집을 보내고 나면 서운하면서도 행복하기를 바라는 것이 어머니 마음 아닌가요?

시집갔던 딸이 어머니를 보러 왔다가 돌아갈 때 이것저것 챙겨가면 미워할까요? 딸이 행복하게 잘 살기를 바라는 마음으로 바리바리 싸주고 하나라도 더 주지요.

우리 세대는 어머니가 살아계신 사람이 많지 않아서 더 그리울 거예요. 나는 아들이고 다행히 어머니가 살아계시지만, 어머니가 안 계신 딸들은 얼마나 보고 싶을까요. 도둑이란 말을 들어도 어머니가 살아계시면 좋겠다는 생각을 하지 않을까요?

요양원에서 근무하는
친구 와이프의 이야기

친구 와이프가 홍천 근처 요양원에서 근무하는데, 그곳에는 치매 환자, 중풍 환자 등 대부분 거동을 못 하시는 분들이 많다고 하네요.

그중 80세쯤 된 할아버지 한 분은 치매 증상으로 들어왔는데 가족들에게 외면받고 있다고 합니다. 자식이 다섯이나 있는데 그 어떤 자식도 아버지를 보고 싶지 않다고 하면서 요양원을 나가더라는 겁니다.

알고 보니 젊었을 때 한량이어서 이 여자 저 여자 바람피우느라 가족을 뒷전으로 하다가 세월에 젊음을 잃고 어느덧 80이라는 나이가 되셨답니다.

그분은 매일 같은 시간에 복도에 나와서 요양보호사들을 향해 큰소리로 "한번 해달라"고 고래고래 소리를 지른다고 하네요. 치매로 요양원에 있으면서도 몹쓸 바람기가 남았는지 참 씁쓸합니다.

그런 말들을 매일 듣는 요양보호사의 기분은 또한 어떨까요. 세상에 쉬운 직업은 없다지만 특히 요양보호사들은 별의별 이야기를 다 들어가며 근무한다고 합니다.

우리도 지금처럼 건강하게, 먼 훗날까지 치매나 중풍 등에 걸리지 않도록 건강을 잘 관리해야겠습니다. 병마는 내 의지와 상관없이 덮쳐온다고는 하지만, 그래도 노력하면 충분히 예방할 수 있지 않을까요?

사랑이란!

사랑에는 조건이 없습니다. 조건이 있는 사랑은 사랑이 아니라 집착이지요.

그저 바라만 보는 것도 사랑입니다. 사랑은 말이 없고 몸짓이 없어도 전해지는 것 아닌가요? 마주 앉아 말없이 한 잔의 커피를 마셔도 그 속에서 사랑은 흐르고 있잖아요.

사랑은 손끝이 아니라 마음으로 전해지기에 따뜻한 사람의 마음에는 사랑이 넘쳐 흐르고 있을 거예요. 형체가 없기 때문에 마음에서 마음으로 전달될 수 있는 것이 사랑이 아닐까요. 말없이 손을 잡고 걷기만 해도 따뜻한 온기가 가슴으로 전해져 오는 것이 사랑이지요.

사랑은 말이 없습니다.

사랑은 구속을 하지 않지요.

사랑은 언제나 흐르고 있어요.

눈으로만 보이고 마음으로 느껴지지 않는 사랑은 사랑의
탈을 뒤집어쓴 거짓입니다.

용문면 화전리의 꼬부랑 할아버지

우리 화전리 하우스 근처에는 약 80세 정도 되신 할아버지가 있습니다.

화전리 토박이로 농사를 천직으로 알고 사시는 분인데, 그뿐만 아니라 1년 내내 자전거로 용문까지 나와서 폐지와 고철들을 가져다 고물상에 팔기를 몇십 년은 하셨다고 하네요.

허리가 90도로 굽어서 걷는 것도 자전거 타는 것도 불편할 텐데, 눈이 오나 비가 오나 상관없이 폐지와 고철 모으기를 게을리하지 않으십니다.

그분은 집도 옛날 집이어서 지금도 아궁이에 불을 때어 밥을 해 드십니다. 60~70년대에나 볼 수 있었을 풍경이 그 집에서는 일상생활입니다. 얼마 전까지 암소로 논밭을 갈았으니까요.

자제들이 집을 새로 지어준다고 해도 마다하시는데, 명절에 서울 며느리들이 아궁이에 불을 때서 밥을 한다고 생각해 보세요. 물론 할아버지의 근면 성실한 철학이겠지만, 요즘 시대와는 너무나 동떨어진 생활이라 자제들이 처와 자식들을 시골에 데려오려고 하지 않는다고 하네요.

그분은 모으는 데는 1등이지만 쓰는 데는 너무나 인색해서 마을에 잔치가 있어도 가지 않는다고 합니다.

안어른도 허리가 안 좋아서 유모차를 밀고 다니시는데 지금 시대에 아궁이라니 믿기 어렵지요.

그분의 근면함과 저축성은 본받을 만하지만, 그 때문에 한참 뒤처진 생활상에 대해서는 뭐라고 표현해야 하나요?

얼굴을 읽지 말고 마음을 읽어 보세요

우리는 사람을 만나면 습관처럼 외형을 먼저 보게 됩니다. 그 사람이 실제로 잘났든 못났든 외형만으로 이러쿵저러쿵 평가하지요.

상대가 어떤 생각을 갖고 어떤 일을 하는지, 어떤 성격인지 알지도 못하면서 마음대로 평가하는 것이 우리네 사고방식 아닌가요?

이제는 달라져야 합니다. 사람의 외형에서 모든 것이 보이지는 않으니까요.

상대의 마음을 읽어보세요. 그가 어떤 마음으로 당신을 대하고 있는지 살펴보세요. 착한 사람일 수도 있고 나쁜 사람일 수도 있겠지요.

우리의 눈과 마음은 상대를 읽을 줄 아는 능력을 가지고 있습니다. 단지 그 능력을 쓰지 않아서 녹슬어 있을 뿐이랍니다.

욕심

사람에게는 어느 누구나 욕심이 있을 겁니다. 세상에 욕심이 없는 사람이 있을까요?

부자가 되고 싶은 욕심,

명예를 갖고 싶은 욕심,

권력을 쥐고 싶은 욕심,

존경을 받고 싶은 욕심.

한 개를 가진 사람이 두 개를 갖고 싶은 것은 어쩌면 사람의 본성이겠지요. 욕심은 가져도 가져도 끝이 없는 자기만의 싸움일 수도 있을 거예요.

욕심이 나쁜 것은 아닙니다. 사람의 본성을 나쁘다고 할수는 없잖아요. 다른 사람 마음을 아프지 않게 하고 정직하게 살면서 부자가 되고 명예도 얻고 권력도 얻는다면 그것을 나쁘다고 할 수는 없지 않나요? 우리는 나쁜 것만 보고 듣고 살아온 것이 아니라, 아직도 좋은 사람들이 많다는 것을 알고 있잖아요.

명예와 존경은 자신을 다스릴 줄 아는 사람만의 훈장이 아닐까 합니다. 존경받는 사람 중에서 악한 사람은 없으니까요.

명예를 얻은 사람 또한 그 명예조차 부끄럽게 생각하는 사람도 있습니다. 부자는 혼자 할 수 있을지 몰라도 명예와 존경은 타인으로부터 받는 것이기에 혼자 할 수가 없잖아요.

자신이 스스로 명예와 존경을 받고 있다고 생각한들 그게 무슨 의미가 있나요? 모두가 욕심에서 비롯된 허영의 훈장이 아닐까 합니다.

건전한 욕심은 어느 누구나 바라는 욕심이 아닐까요. 정직한 욕심, 시간을 많이 들여서 이루어낸 욕심은 손뼉을 쳐주어도 아깝지 않은 욕심이잖아요.

편지

핸드폰이 귀했을 때는 소통할 수 있는 유일한 방법이 유선전화나 손편지였지요. 지금은 문명의 발달로 인해서 편지 쓰는 일이 사라졌다고 해도 틀린 얘기는 아닐 듯싶네요.

여러분, 오랜만에 편지를 써보세요. 예쁜 편지지가 아니면 어때요. 흔하게 줄 쳐진 편지지도 좋고, 원고지에도 그런대로 편지를 쓸 수 있잖아요. 그것도 없다면 A4 용지는 어떤가요.

보고 싶은 사람에게, 소원해졌던 사람에게 오늘 한번 손편지를 써보세요. 핸드폰 문자와는 또 다른 매력이 있을 거예요. 요즘은 뭐든지 빨리빨리에 익숙해져 있는 우리들에게 느긋함을 줄 수 있는 것이 손편지가 아닌가 하네요.

못 쓰는 글에 삐뚤빼뚤한 글씨체로 사랑을 담은 편지를 쓴다면 편지를 받는 사람은 얼마나 행복해할까요.

오늘 밤 편지를 써서 화장대 또는 식탁에 놓아보세요. 일상적인 내용이면 어때요. 꼭 하고 싶었던 말도 편지지에 써보세요. 규격도 없고 기승전결도 없어도 상관 없습니다. 서툴면 서툰 대로 진심만 담으면 되는 편지!

오늘 큰 맘 먹고 편지를 써보세요!

스스로 낮추기

사회 또는 직장에서의 내 위치는 어디인가요.

실제로 직책이 높을 수도 낮을 수도 있지만 우리는 일반적으로 자신을 높이려고 하지 않나요. 스스로 낮추면 오히려 타인으로부터 존경받는다는 것을 터득하지 못했기 때문이지요.

한번 스스로 낮추어 보세요. 마음속으로 낮추어 본다고 실제로 격이 떨어지는 것도 아니니 망설이지 말고 시도해보세요.

타인으로부터의 존경은 그런 자세로 만들어 가는 것이 아닐까요. 타인을 진정으로 높여줄 때 스스로 더 높아지는 것.

그동안 오히려 타인을 낮추며 살아오지는 않았나 생각해
보세요. 나도 모르게 상대에게 하대하지는 않았나요? 상대
의 기분을 생각하지 않고 막 대한들 자신의 격만 떨어진다
는 것을 왜 까맣게 잊게 될까요.

상대를 높여주세요. 그리고 자신을 진심으로 낮추어보세
요. 당신의 인생이 달라질 수 있으니까요.

헤어짐에 연습은 없습니다

헤어짐이란 쓰리고 아픈 상처!

우리는 삶의 우여곡절 속에서 매일 이 사람 저 사람과 부딪치고 만남과 헤어짐을 반복하지요.

사람 사는 곳에 헤어짐이 없을 수 없으니 헤어짐은 우리 삶의 일부를 장식하고 있습니다.

내 마음속 헤어짐은 인생에서 얼마나 크게 자리하고 있을까요. 하루가 지나면 또 하루가 내 앞에서 헤어짐을 기다리고 있네요.

우리 인생에도 연습이란 것이 허락될까요? 삶을 연습처럼 살 수 있다면 헤어짐도 연습처럼 할 수 있을까요?

모두 부질없는 생각이지요. 하지만 누구나 한 번쯤은 해봄직한 생각이기도 하지요.

연습처럼 살 수 있다면, 지나간 헤어짐을 잡을 수만 있다면.

힘내세요, 여러분!

어렵고 힘든 일이 나에게만 다가온다고 믿고 있지는 않나요? 그 어렵고 힘든 일이 누구를 골라서 찾아가는 건 아닌데도 스스로 그렇게 생각하고 있지는 않나요?

누구에게나 시련은 다 있어요. 당신이 겪었던 그 크고 작은 시련이 없다면 여기까지 오지도 못했을 겁니다. 시련은 실패가 아니라 당신의 성장을 시험하는 잣대에 불과합니다.

여러분? 힘내세요, 이겨내야지요. 어둠을 헤쳐나가야 빛을 볼 수 있잖아요.

믿으세요. 비 온 뒤에 무지개가 뜨듯이 여러분의 무지개도 시련을 이기면 반드시 뜬다는 것을!

미움에는 사랑이 묘약입니다

우리는 매일매일 사람과 부딪칩니다. 항상 얼굴을 보는 사람도 있고 어쩌다 길에서 우연히 만나는 사람도 있습니다.

생각지 않게 만나도 반가운 사람이 있는가 하면 보기 싫은 사람을 어쩔 수 없이 만날 때도 있습니다.

옛말에 원수는 외나무다리에서 만난다고 했지요. 그래서 세상은 넓고도 좁다고 하지 않던가요. 사랑이 해도해도 끝이 없는 것처럼 싸움도 해도해도 끝이 없습니다.

그러니 미움이라는 병을 치료하려면 오로지 사랑이라는 묘약밖에 쓸 수 없습니다.

가족간의 사랑, 남녀간의 사랑, 이웃간의 사랑! 사랑에는 감동의 눈물을 흘리도록 만드는 신묘한 정이 있기 때문입니다.

상처

누구에게나 상처는 다 있습니다. 지금까지 상처 하나 없는 사람이 있을까요.

몸에 난 상처부터 마음의 상처까지, 가슴이 저리도록 오랫동안 지워지지 않는 상처. 잘 아는 사람으로부터, 또는 이름조차 모르는 사람으로부터 받은 상처는 쉽게 치유되지 않는 법.

내가 다른 사람에게 상처를 받는 것도 싫지만 내가 남에게 상처 주는 것도 싫은 법. 내가 조금 손해를 본다 하여도 상처 주는 일은 없었으면 좋겠습니다.

상처란 깊이깊이 살에 파고드는 가시 같은 것, 잊으려고 해도 자꾸자꾸 생각나고 몸이 저려 오는 상처. 시간이 약이라지만 그 시간조차 상처가 되기에 우리는 숨죽이며 지낼

때도 있습니다. 내가 당사자가 아니기에 어루만져서 상처를
아물게 할 수도 없습니다. 다만 그 상처를 눈으로 귀로 마
음으로 듣고 덮어줄 뿐입니다.

여러분 마음속에 남아있는 상처를 비눗물 씻어내듯이 씻
어버리면 얼마나 좋을까요. 오래오래 기억한들 마음의 상처
만 두꺼워지지 않겠어요?

모두가 상처 없는 삶이라면 내 생애 최고의 삶이 아닐까
합니다.

함께 걷는 길

우리 삶의 길은 결코 혼자 갈 수 없는 길입니다. 아무리 쉬운 길이라 할지라도, 아무리 가시밭길이라 할지라도 혼자서는 갈 수 없습니다.

가는 길이 쉬워도 나와 너, 우리가

가는 길이 어려워도 나와 너, 우리가

함께 걸어야만 하는 길입니다.

인생의 묘미를 사람들과 나누면서 걷는다면 힘든 줄도 모르고 갈 수 있겠지요.

아무리 독불장군이라도 아무도 없는 길을 외롭고 쓸쓸하게 걷는다면 얼마나 초라할까요. 반면에 내 곁에 같이 걸을 사람만 있다면 밥을 안 먹어도 배부르고 물을 안 마셔도 갈증을 느끼지 않을 것입니다.

아무리 잘나도 사람이고 못나도 사람이지요. 잘난 사람 못난 사람 서로 어울려 손을 잡고 걷는다면 인생의 묘미가 바로 그곳에 있습니다.

서로의 아픔도 듣고 이해하며 함께 걷는 길이라면 그 길이 진정 행복으로 가는 길이 아닐까 합니다.

하소서!

내가 이 사람을 끝까지 사랑하게 하소서!

내가 이 사람을 끝까지 책임지게 하소서!

내가 이 사람을 미워하지 않게 하소서!

내가 이 사람을 병들지 않게 하소서!

내가 이 사람을 화나지 않게 하소서!

내가 이 사람을 의심하지 않게 하소서!

내가 이 사람 눈에서 눈물 나지 않게 하소서!

내가 이 사람 기억에서 멀어지지 않게 하소서!

내가 이 사람을 매일매일 웃게 하소서!

내가 이 사람이 병이 들어도 손을 잡아주는 사람이 되게
하소서!

내가 이 글에 책임을 지는 사람이 되게 하소서!

나는 누구인가요?

도대체 나는 누구인가요? 한 여자의 남편, 한 남자의 아내? 내 이름은 어디에 있는 거죠?

누가 내 이름을 불러주나요. 남편이든 아내든 '누구 아빠', '누구 엄마'로 불리고 이름은 문패에나 간신히 쓰여 있네요.

그나마 남편들은 사회에 나가면 이름을 불러주는 곳이 있지만, 아내들은 기껏 친구들이나 만나야 내 이름 석 자를 들을 수 있으니 과연 나는 누구인가요? 이름 석 자 불리기가 참 어렵습니다.

이름은 몰라도 누구 아빠 엄마면 다 통하는 세상이지요. 조금 더 있으면 누구 할아버지 할머니라고 불리겠네요.

그러다가 결국 내 이름 석 자는 공문서 종이의 작은 글씨로만 남을 겁니다.

나는?

누구?

인가요?

겨울 끝자락에서

아직 봄이라고 하기에는 이른 겨울 끝자락에 있네요. 마
지막 눈이라도 되듯이 그제는 함박눈이 날리기도 했고요.

봄을 알리는 입춘도 지났건만 아직 아침저녁으로는 쌀쌀
한 겨울을 벗어나지 못했습니다.

머지않아 땅속에서도, 나뭇가지 끝에서도 파란 새순이 새
색시처럼 살포시 고개를 내밀겠지요.

산골짜기 구석에 아직 남아있는 잔설도 하루하루 녹아서
풀과 나무들이 새싹을 돋울 수 있도록 뿌리에 스며들겠지요.

개울가의 버들강아지 나무도, 길가의 개나리도 봄을 알리는 꽃을 피울 겁니다.

누군가는 새 학년으로 또 새로운 직장으로 단장을 하듯이 우리는 새로운 봄을 맞을 겁니다. 겨우내 묵은 때를 벗겨내듯 꽁꽁 얼어있던 마음이 녹아내릴 거예요.

봄은 시작을 알리는 계절!

조금만, 아주 조금만 기다려 주세요.

거의 다 왔으니까요!

시간 좀 주세요!

사랑할 시간 좀 주세요. 행복할 시간 좀 주면 안 될까요?

당신은 시간을 어떻게 쓰시나요? 하루하루 주어지는 시간, 쪼개어 쓰느라 부족하지는 않나요? 오늘은 무엇을 할까, 급하게 해야 할 일들, 뒤로 미루어 놓았던 일들.

사실은 시간이 없는 게 아니라 시간의 사용설명서가 없기 때문은 아닐까요? 모든 제품에 사용설명서가 있듯이 시간에도 사용설명서가 있으면 참 좋겠습니다.

어떤 때는 바쁘게 초를 다투지만 또 어떤 때는 여유가 넘쳐서 물 흐르듯 지나가 버리지요. 잡을 수도 묶을 수도 없이 시계만 쳐다보며 아쉬워하지 않나요?

내게, 여러분에게 시간 좀 주세요. 흘러간 시간에 얽매이지 않게요!

사랑도 저축이 되나요?

여러분에게 묻고 싶네요. 사랑이 저축이 되나요?

사랑도 돈처럼 은행에 저축이 된다면 좋겠지만, 우리의 희망! 아니 나만의 희망일지도 모릅니다. 부부의 사랑, 가족과의 사랑, 또 다른 누군가와의 사랑을 저축해 놓았다가 필요할 때 꺼내어 쓴다면 얼마나 좋을까 생각을 해봅니다.

이루어질 수 없는 일들이지만 사랑이 넘칠 때, 너무나 많은 사랑을 받아 주체를 못 할 때 여러분의 가슴 속 은행에 저축을 해 놓으세요. 그러다 여러분의 사랑이 모두 사라지면 그때 조금씩 조금씩 꺼내어 사랑을 나누어주면 어떨까요?

여러분의 가슴 속에 아직 사랑이 많이 남아있다면 좋겠지만, 시간이 지나면서 우리의 사랑도 조금씩 조금씩 색이 바래지는 것은 어찌 막아야 되나요?

사랑도 저축할 수만 있다면 통장에 넘치도록 하고 싶네요. 나만 이런 생각을 하는 걸까요? 여러분도 한 번쯤 이런 생각 안 하나요?

타이밍

우리는 어떤 일이나 또는 어떤 말을 꼭 해야 하는데 주저할 때가 있습니다. 지금 이 말을 꼭 해야 하는데 주저주저하다가 결국 하고 싶은 말을 못 할 때가 있습니다.

사회생활, 직장생활, 또 다른 일터에서는 인간관계가 중요합니다. 내가 싫어도 해야 하는 일들, 내가 좋다고 해도 할 수 없는 일들이 있지 않을까요.

사람 대 사람 관계에서는 타이밍이 중요하다는 생각이 듭니다.

타이밍을 놓쳐서 마음속에만 담고 있는 말들, 어쩌면 시기를 놓쳐서 긴 세월 동안 담을 쌓고 사는 사람들도 있습니다. 별것도 아닌 일에 서로 오해를 해서 싸우기도 하고, 서로 오기를 부리다가 정작 하고 싶은 말과 듣고 싶은 말의 타이밍을 놓쳐서 평생을 등지는 경우도 있지 않나요.

우리는 미련스럽게 타이밍을 놓치지는 맙시다. 시간이 가면 해결된다지만, 그 시간 동안은 서로 얼굴도 마주치지 않을 것이고 마주 앉는 일조차 없을 것입니다.

서로 오해가 없으면 좋겠지만, 사람 사는 데 이런저런 일이 없을 수가 있을까요. 작은 일로도 오해가 되어 수년을 가슴앓이하기도 하지 않던가요.

오해가 있든 없든, 말하고 싶을 때 그 타이밍을 놓치지는 맙시다. 하고 싶은 말을 하고 후회한다 하더라도 그 타이밍을 놓치지는 맙시다.

여보!
내가 당신을 이만큼만 사랑하오리다!

여보, 벌써 20년이란 세월이 지나 우리 앞에 장성한 아들 둘이 서 있구려.

신혼이랄 것도 없이 이미 있는 집, 이미 있는 숟가락에 당신 하나 더 온 것뿐이오. 예물이랄 것도 없이 금 모으기 운동할 때 다 갖다주고 남은 재산이라고는 아들 둘. 신혼여행으로는 트럭을 끌고 일주일 전국 여행을 다녔었소.

여보, 좋든 싫든 우리는 하나가 되었소.

한번 부부로 연을 맺었으면 이승에서 명이 다할 때까지 부부로 남아야 먼 훗날 이 사람과 함께 살아온 날에 대해 후회가 없지 않겠소.

내가 비록 금붙이를 사다줄 수는 없지만, 적어도 당신 마음에 상처는 주지 않겠소. 행복을 돈으로 살 수는 없잖소.

여보, 지금까지 나 때문에 속상한 일은 없었잖소? 있을 수
도 있겠지만, 내가 표현이 살갑지는 못해도 당신 마음 고생
시키는 일은 없을 거요.

난 당신을 이런 식으로 이만큼만 사랑하오리다!

한 번쯤은 바보짓을 해도 괜찮습니다

당장 죽고 사는 문제가 아니라면야 한 번쯤은 바보짓을 해도 괜찮습니다. 남들이 보면 바보라고 놀리겠지만 오히려 남과 다른 발상에서 나에게 필요한 진짜 답을 찾을 수도 있으니까요.

1 더하기 1의 정답은 '2'라고 하지만, 생각의 방향을 바꿔서 '1'이라는 답을 그려볼까요. 예를 들어, 여자와 남자가 만나서 부부가 되면 다시 '1'이 되는 것입니다.

생각을 전환하면 틀에 박힌 답이 아니라 그 상황에 맞는 답을 찾을 수 있습니다. 우리는 단지 어렸을 때부터 1 더하기 1의 정답이 2라고 배워왔을 뿐입니다.

모든 일에 절대적인 답은 없습니다. 내가 고민하고 생각한 답이 진짜 내게 필요한 답입니다.

만약 우리에게 날개가 있다면?

만약 날개가 있다면 당신은 가장 먼저 무엇을 할 것 같나요? 우리가 비록 새는 아니지만, 날개가 있다면 맘껏 하늘을 날고 싶네요.

비행기를 타도 지상을 볼 수가 없으니 버스나 기차만도 경치가 못하지요. 날아다니는 새들은 어디든지 자유롭게 보고 갈 수 있어서 좋겠습니다.

땅에서 올려다보는 모습과 하늘에서 내려다보는 모습은 굉장히 다르겠지요.

한 번쯤 상상으로 하늘을 날아보세요. 마음속에 기분 좋은 경치가 그려지지 않을까요?

서민들의 음식 순댓국을 소개합니다

한 달에 서너 번 정도는 순댓국을 먹습니다.

같이 일하는 외국인 근로자도 순댓국을 좋아해서, 휴일에 일하다 12시가 되면 당연스레 순댓국집으로 모이게 된 지도 벌써 3년이 된 것 같네요. 세 집 식구들이 모이면 16명이나 됩니다.

그렇게 자주 먹어도 질리지 않고 공기밥 세 그릇은 기본으로 뚝딱입니다.

비싸지도 않고 외국인 입맛에도 맞으니 딱 좋습니다. 평일에는 마눌들이 꼬박 밥을 해줍니다만, 휴일에 마눌들을 쉬게 하려고 발걸음을 돌린 곳이 이제는 빼도박도 못한 코스가 되었습니다.

용문에 오시면 맛있는 순댓국을 먹어보세요.

지역마다 순댓국 맛이 조금씩 다르겠지만, 그래도 나는 용문 순댓국이 제일 맛있습니다.

모으는 것과 푸는 것은 행복입니다

모으는 것도 푸는 것도 모두 행복이요 사랑입니다. 모으기만 할 줄 알면 반쪽! 푸는 것만 할 줄 알아도 반쪽! 둘 모두를 할 줄 알면 행복이고 사랑입니다.

모으는 것도 중요하지만 푸는 것도 중요합니다. 모으기만 하다 보면 푸는 방법을 잊어버릴 수도 있으니까요.

모으는 방법은 아이들도 알고 있습니다. 그런데 푸는 방법은 아이들도 어른들도 서툴지 않나요? 모으는 방법은 한 가지지만 푸는 방법은 한두 가지가 아니잖아요.

얽히고설킨 실타래를 풀듯이 하나씩 하나씩 풀어나가면 가슴에 뿌듯함이 밀려오지요. 그게 바로 행복과 사랑입니다.

몰라서 풀지 못하는 것이 아니라 익숙하지 않아서 풀기 어려울 뿐입니다. 이제 풀으세요. 마음에 저절로 하트 모양이 새겨지는 것이 느껴질 겁니다.

사랑과 행복의 하트가♡

반환점

인생을 살다가 다시 돌아갈 수 있는 반환점은 없습니다. 우리는 앞으로 가는 방법만 배웠고 우리 몸에는 앞으로 가는 습관만 배어있습니다.

사업을 하다가, 프로젝트를 진행하다가 잘 안될 수도 있습니다. 어떤 일이든 한 번에 잘 되는 것은 극히 드뭅니다.

잘 안된다고 멈추지는 마세요. 조금 쉬어 가세요. 쉬면서 두 발짝 뛸 준비를 하면 어떨까요? 여기서 멈추면 반환점이 없는 나의 인생이 멈추게 됩니다.

반환점이 아닌 끝점을 향해서 멈추지 않고 가다 보면 저 멀리 희미하게 보이는 때가 오겠지요.

　아주아주 먼 훗날이 될지도 모릅니다. 그래도 아직은 멈출 때가 아닙니다. 힘에 부쳐서 지치고 주저앉고 싶어도 멈추지는 마세요.

　노력한 만큼 행복이 가까워지니까요.

우리는 관객이 아니라 배우입니다

우리는 인생의 배우입니다.

관객은 그저 객석에서 아무 소리 없이 배우의 움직임만 쳐다볼 뿐 소리를 낼 수 없습니다. 우리는 각자 삶의 배우가 되어야 합니다. 배우는 무대에서 소리를 지르기도 하고 춤을 추기도 하고 여러 가지를 할 수 있지만 관객은 객석에서 눈과 귀로만 보고 들을 뿐입니다.

배우는 나의 삶 전체를 보여주기도 하고, 배우는 자신이 주체가 되어 관객을 휘어잡을 수도 있습니다. 관객이 되기보다 여러분은 배우가 되어야만 합니다.

　여러분 모두 여러분의 삶의 배우가 되어주세요. 열정적으로 무대를 이끌어갈 수 있는, 관객이 박수를 칠 수 있는 그런 여러분의 삶의 배우가 되시기를 바랍니다!

시간으로의 여행

시간은 지금도 지나가고 있습니다. 잡으려고 해도 그 시간조차 지나갈 뿐입니다. 이룬 것 없이 여기까지 오고야 말았습니다.

우리는 어떤 일을 종종 내일로 미룰 때가 있습니다. '오늘 못 하면 내일 하지.'하는 생각. 하지만 지나간 시간은 다시 주어지지 않습니다. 내일의 이 시간은 어제의 이 시간이 아닙니다. 또 다른 시간을 소모하고 있을 뿐입니다.

문틈으로 밖을 보세요. 지나가는 시간이 보이나요? 시간은 눈으로 볼 수 없을 만큼 빠르게 지나갑니다.

시간은 쌓아놓고 쓰는 것이 아니기에!

밧줄로 묶어놓고 쓰는 것이 아니기에!

내 손에 움켜쥐고 쓰는 것이 아니기에!

1초라는 시간에 어떤 일이 일어날지는 아무도 모릅니다. 1초 동안 어떤 결정을 해야 할 기로에 설 때도 있을지 모릅니다. 우리에게 주어진 시간은 1초가 금쪽보다 더 귀하고 어느 보석과도 맞바꿀 수 없는 것입니다.

커피 한 잔의 여유를!

일상생활의 기계적인 삶에서 벗어나 커피 한 잔의 여유가 필요할 때입니다.

근사한 커피숍이 아니더라도, 예쁜 커피잔이 아니더라도 자판기 커피면 어때요. 그냥 한 잔 마실 여유가 있으면 좋겠습니다.

아침에 일어나면 출근하기 바쁜 우리 일상, 집과 일터 사이에서 꽉 채워진 스케줄, 그 안에 10분의 여유가 있었으면 좋겠습니다.

커피 한 잔 마실 여유도 없이 하루하루를 살아간다면 너무나 메마른 삶이 아닐까요.

10분의 여유! 커피 한 잔의 여유!

부부와 친구들과 연인과 마주 앉아서 여유롭게 커피 한 잔 마시고 싶습니다. 내게 주어진 하루에서 10분의 여유를 찾았으면 좋겠습니다.

나 자신을 위해서!

지금 당신 앞에 누가 서 있나요?

지금 당신 앞에 누가 서 있나요?

아마도 그 사람은 당신이 이 세상에서 가장 많이 사랑하는 사람일 거예요. 그 사람은 힘들고 외로울 때, 괴로울 때 당신의 어깨를 빌리려고 할 겁니다. 그때 기꺼이 어깨를 빌려주세요. 그 사람을 위해서요. 그 사람이 잠시나마 쉴 수 있도록 기꺼이!

밀어내지 마세요. 그 사람을 위해서요. 얼마나 힘이 들었으면 당신 어깨에 기대고 싶었을까요.

그 사람이 힘들고 외롭고 괴로울 때 당신은 무엇을 했나요. 그 사람과 매일매일 눈이라도 마주쳐주었나요? 아니면 매일이 아니더라도 따뜻하게 손이라도 잡아주었나요? 당신 스스로 그 사람을 힘들게는 하지 않았나요?

지금 당신 앞에 서 있는 사람이 용기를 잃지 않게 가슴으로 안아주세요. 사랑으로 다독여주세요. 그 사람이 다시 일어나서 뛸 수 있게 손을 잡아주세요.

당신도 언젠가는 그 사람의 어깨가 필요할 때가 있을 거예요. 그 사람이 절실하게 느껴질 때가 당신에게도 올 수 있으니까요.

당신 앞에 서 있는 사람이 아프지 않게요. 사랑해 주세요, 그 사람을!

잊혀 가는 것들

잊혀 가는 것들은 수없이 많습니다.

사람도, 소중하게 여기던 무엇도 잊혀 가고 있습니다. 시간이 흐르면서 지난 일들이 하나둘씩 기억 속에서 사라져 버립니다.

기억 속에서 모든 일이 살아 숨 쉰다면 어떤 기분일까요. 오히려 머릿속이 하얗게 비어버리지는 않을까요.

앞으로도 수많은 일이 다가올 겁니다. 그리고 시간이 지나면서 또다시 아련한 추억이 되고, 가물가물한 기억 언저리에서 서서히 잊혀 갈 것입니다.

사진처럼 선명하게 남는 기억은 없겠지요. 그러니 좋은 사람과 좋은 일이라도 오래도록 기억하려고 마음속에 깊이 새겨놓을 뿐!

미련

가슴에 남아있는 미련이 있나요? 사람이든, 물건이든, 아니면 다른 무엇이든지요.

미련이란 내가 이루지 못한 것들, 내가 만나지 못할 사람들이지요.

이미 내게서 멀어진 것에서 벗어나 보세요. 떠난 사람들에게 더 이상 아쉬움을 갖지 마세요. 미련은 그냥 미련일 뿐입니다. 사랑도 미움도 그냥 바람처럼 흩날려 버리세요.

어떤 일을 하든, 어느 누구를 만나든 그 끝에는 항상 미련이 남기 마련입니다. 하지만 미련을 가진다고 해결될 일이라면 미련이 생기기 전에 이루어졌겠지요.

떠나간 사람에게 미련을 끊지 못하면 그들에게 더 아픈 상처를 줄지도 모릅니다. 내게만 미련이 있는 것이 아니라 그들한테도 미련이 있을 테니까요!

어제와 오늘 그리고 내일

어제도 오늘도 내일도 인생의 일부분입니다.

매일 특별한 날을 맞을 수는 없지만, 태양이 매일 떠오르듯이 마음에도 매일 태양이 뜹니다.

잠에서 깨어나면 어제처럼 오늘도 마음에 결심을 합니다. 오늘도 내일도 모레도 내게는 특별한 날이 되기를 바랍니다.

사람이 백 년을 산들 하루하루를 귀하게 여기지 않고 종이 구기듯 흐지부지 보낸다면 무슨 의미가 있을까요.

우리에게는 매일매일 어제와 오늘 그리고 내일이 존재합니다. 누구는 하루를 이틀처럼 쓰기도 하고 다른 누구는 이틀을 하루처럼 쓰기도 합니다.

여러분도 어제와 오늘 그리고 내일을 가지고 있겠지요. 나와 같이 특별한 날이 되기를 기대해보세요!

바람이 불어옵니다

　우리 가슴에 따뜻한 행복의 바람이 불어오네요.

　가슴을 활짝 열어보세요. 머리칼이 따스하게 날리고 행복의 소리가 귀에 들려올 수 있도록 바람을 맞이해보세요. 우리 마음도 지금보다 훨씬 더 따뜻해질 거예요.

　초콜릿처럼 달콤한 사랑의 바람! 행복을 실은 바람을 맞이해보세요!

　바람은 아무리 맞아도 닳아 없어지지 않기에 누구나 만끽할 수 있어요.

　지금 여러분의 가슴에 바람이 불고 있습니다. 사랑과 행복을 실은 따뜻한 바람이!

부모님

누구에게나 부모님은 다 있지요. 지금 내 옆에 계신지 안 계신지의 차이일 뿐입니다.

60~70년대에 태어난 우리 세대, 우리네 부모님은 우리를 먹이고 입히고 가르치느라 없는 살림에 고생을 많이 하셨을 것입니다. 정신적, 물질적으로 모든 것이 귀한 시절에 내 자식만큼은 고생하지 않고 살게 하려고 험난한 노동으로 우리를 이만큼 키워놓으셨지요.

지금 우리는 부모님을 위해서 무엇을 하고 있을까요. 시대가 많이 바뀌었는데도 우리는 아직 부모님이 베푼 은혜의 반도 못 갚고 있지는 않는지요.

나도 그중 하나일 뿐입니다. 두 아이의 부모님이 되고 보니 '부모님'라는 노래의 "네가 부모님 되어서 알아보리라"라는 가사가 유독 와 닿습니다.

어머니가 요양원에 계신 친구가 있는데, 거동도 못 하는 어머니를 보러 먼 길 찾아가는 모습을 보니 안타까우면서도 한편으로는 우리 어머니가 아직 정정하셔서 행복하다는 생각이 들었습니다.

우리 세대는 아직까지 부모님이 다 계시면 행복이지요. 대부분 안 계시거나 한 분만 남아계신 경우가 많습니다. 살아계실 때는 언제나 내 옆에 계실 거라고 생각해서 소중한 줄 모르고 부모님 마음에 못을 박기도 했을 것입니다. 나역시 그랬으니까 말입니다.

아무리 지금부터 잘한다 해도 후회는 남는 법. 부모님이 되고 나서야 좋은 부모님이 된다는 것은 쉬운 일이 아니라는 것을 깨달았습니다.

소중함이란!

당신에게 소중한 것은 가족인가요? 아끼는 물건들, 아니면 또 다른 무엇인가요?

우리에게는 어느 것 하나 소중하지 않은 것이 없습니다. 가족도 소중하고 아끼는 물건도 모두 소중합니다. 심지어 길바닥에 굴러다니는 돌멩이도, 그 옆에 피어난 이름 모를 꽃 한 송이도 누군가에게는 소중한 돌멩이고 꽃일 수 있습니다.

우리는 이 소중함을 너무 쉽게 잊어버린 채로 살고 있지 않은가요. 언제든 손짓하면 눈앞에 나타날 거라는 착각 속에서 살고 있지는 않은가요. 흔해빠진 것이니 업신여기고 걷어차면서 살아오지는 않았나요.

지금부터라도 흔한 것이든 흔하지 않은 것이든 소중하게 여기고 살아가면 좋겠습니다. 내가 소중하게 생각하면 그 대상도 나를 소중하게 여겨주는 것이 당연하니까요.

27회 국딩들아

50년을 살아오면서 요즘처럼 신나고 즐거웠던 시간이 있었는지 모르겠어. 바쁘게 살다 보면 다 챙길 수는 없겠지만, 나이를 먹다 보니 이런 즐거움이 있다는 것도 알게 된다. 해가 서쪽에서 뜰 일이지!

나 자신은 내가 제일 잘 알잖니? 모임이나 식사 자리에 참석하면 돌아오기 급급했던 일들, 물론 바쁜 일도 있었겠지만 지금 생각해보면 스스로 웅크리고 살았던 것이 아닌가 싶어. 내가 음주가무에는 영 젬병 아니냐.

요즘은 시간적 여유가 있어서 이렇게 국딩(지금의 초딩) 동창들을 만나지만, 다들 바쁠 땐 지금처럼은 안 되겠지! 친구들 앞에 나서는 것도 어렵고, 말솜씨가 좋지도 않고, 뭐 하나 내세울 것 없는 나지만 그냥 친구들을 만날 수 있어서 좋은 것 같다.

국딩 시절 있는 듯 없는 듯했던 내가 지금은 친구들 배꼽을 빠지게 하고 있으니 별일이지!

친구들아, 만날 수 있을 때 열심히 만나자. 즐겁게 행복하게 배꼽 빠지게!

벌써 세월이 이렇게 흘렀네. 우리 국딩 친구들도 지나간 시간들이 아쉬울 것 같아. 어렸을 땐 마냥 즐겁기만 했는데 나이를 50개나 먹고 보니 동심이란 것이 다 어디로 갔는지, 먹고살기도 바쁜 나날을 보내고 있다. 흐르는 세월은 막을 수 없겠지만, 그 좋던 어릴 때를 추억하며 오래오래 좋은 친구로 만나자!

졸업사진

친구들아, 앨범에 고이 묻어두었던 빛바랜 국민학교 졸업사진을 자세히 본 적 있니?

다들 몸집도 작고 키도 작고, 우리도 이럴 때가 있었나 싶을 정도로 가물가물한 기억을 되살려 보았어.

철모르고 옷소매로 코 닦을 시절, 그때는 누구랄 것도 없이 다들 순수했었지!

남자애들은 사진을 보면 어렴풋이 기억이 난다만, 여자애들은 얼굴도 이름도 기억나지 않는 친구들이 있어.

친구들도 나와 비슷한 생각을 하지 않을까 싶다. 우리가 그만큼 나이를 먹었다는 것이겠지?

친구들아, 나이는 우리만 먹는 게 아니라 어느 누구든 똑같아. 그러니 세월만 탓하지 말고 지금처럼 즐겁게 지내면 참 좋을 것 같다.

50이란 나이를 넘고 보니 오래된 흑백 졸업사진이 이렇게 추억이 될 줄이야 미처 몰랐지.

친구들아, 비록 빛바랜 졸업사진이지만 좋은 추억으로 간직하자!

소와 땅과 자식

우리네 부모님들은 혼례라는 것을 제대로 치르고 결혼한 것이 아니라 부모가 정해준 짝을 남편과 아내로 맞아 가정을 이루고 사셨지요. 없는 집안에 시집을 와서 밤낮을 가리지 않고 일하신 덕에 송아지 숫자가 해마다 한 마리 두 마리 늘어갔지요. 어렸을 때 시골집들은 외양간에 어느 집이건 몇 마리씩 키웠지요. 시골에서 재산은 으뜸 소밖에 없을 때니까요. 그 소들이 농사짓는 농토로 바뀌어 재산 증식하는 데는 큰 도움이 되었지요.

그러던 부모님들이 연세가 60이 되고 70이 넘어갑니다. 우리네 부모님들은 땀 흘려 일구어 놓은 땅을 돈 한 푼 제대로 써 보지 못하시고 자식을 위해 한 자리 한 자리 팔아서 자식만을 위하는 것이 당신을 위하는 것이라고 생각하셨겠지요.

우리네 부모님들은 남아선호사상이 몸에 밴 분들이라 아들이라면 유독 더하셨지요. 딸은 뒷전이고 오로지 장남 또는 아들! 그러던 부모님들도 한 해 한 해가 다르게 몸이 쇠약해져 뒷전으로 스스로 밀려나셨지요. 내가 해야 할 일은 이제 달랑 집 한 채 지키는 사람으로 남아서 자식들이 오며가며 쥐어주는 몇 푼 안되는 용돈도 고맙다고 하시네요!

우리네 부모님들이 그랬듯이 먼 훗날 우리도 자식들한테 이럴까요?

인연

옛말에 옷깃만 스쳐도 인연이라 했습니다.

어른들 또는 중매쟁이들이 짝을 맺어주려고 할 때 인연이라는 말을 많이 하잖아요? 중매로 결혼한 사람이든 길을 걷다가 우연히 만난 사람이든 모두 인연입니다.

부부의 만남, 연인의 만남, 친구의 만남! 이 소중한 인연을 끊지 않고 잘 간직하고 있나요?

새로운 사람도 인연이 있기에 만날 수 있지 않나 생각해봅니다. 가수 이선희의 '인연'이라는 노래를 들어본 적이 있나요?

"인연이라고 하죠. 거부할 수가 없죠."

앞으로 어디에서 누구를 만나게 될지는 아무도 모릅니다. 좋은 사람을 만나서 좋은 인연을 맺으면 더 좋겠지요. 그 사람이 인연인 줄도 모르고 그냥 스쳐 지나가게 되지는 않기를 바랍니다.

검정고무신과 설빔

국민학교 입학 전에는 검정고무신을 신고 다녔던 기억이 납니다. 무엇이든 흔하지 않던 때라 검정고무신이라도 감지덕지했지요.

국민학교 입학 후에는 좀 더 좋다는 까만 운동화를 신었습니다. 옷도 책도 당연히 물려받아 쓰던 시절! 누가 잘살고 못살고 따질 것 없이 형편이 모두 비슷했으니 말입니다.

그때는 가방을 들고 다닌다면 부모님에게 큰 선물을 받았던 셈이었습니다. 주로 보자기에 책과 공책을 싸서 어깨에 가로로 메고 다녔지요.

학년이 하나둘 올라갈 때마다 옷과 운동화도 조금씩 좋은 것으로 바뀌어 갔습니다.

　1년에 두 번, 설과 추석은 옷과 신발을 새것으로 바꿀 수 있는 유일한 날이었지요. 설과 추석이 되기 전부터 미리 옷과 신발을 사달라고 졸랐던 기억이 납니다.

　같은 시절을 살아온 우리 세대라면 공감하겠지요. 이제는 모든 것이 넘치는 시대가 되었고 옷이며 신발도 다 좋아서 고를 수가 없을 지경이 되었지만요.

어머니의 손

어머니의 손! 우리네 어머니 손은 투박하기 그지없네요. 나무를 때서 아침, 점심, 저녁 지어주시던 어머니의 손은 볼품없는 손 그 자체이지요.

가마솥 또는 양은솥을 쓰던 시절, 추운 겨울 새벽부터 군불로 밥을 짓던 어머니의 손은 이제 손등의 주름으로 나이를 대신합니다.

화장기 하나 없는 얼굴과 손, 하루 종일 부엌을 들락거려도 끝이 없는 부엌살림! 화롯불에 찌개를 데우시던 그 주름살 많던 손이 그립네요! 내 어머니의 손이기에 흙 묻은 손으로 과일을 깎아주어도 맛이 있었던 그때가 그립습니다.

지금은 가마솥도 아궁이도 사라져 버렸지만 어머니 손의 주름은 몇십 년이 지나도록 펴지지 않고 그대로 주름으로 남았네요. 어머니의 그 손이 지금 그립습니다.

어머니, 사랑합니다. ♡

지게

    예전에는 시골에서 지게를 흔한 운반 도구로 볼 수 있었습니다. 지금은 박물관에나 가야 볼 수 있네요. 지게에는 많은 애환이 담겨 있습니다. 지게의 끈이 부모님의 어깨를 짓누를 때마다 우리는 조금씩 성장해왔지요.

    우리 세대, 시골에서 태어난 사람이라면 지게를 한 번쯤 져 보았을 겁니다. 빈 지게는 가벼워도 우리 가족의 먹을거리를 담으면 얼마나 무거운지요. 그런데도 우리네 부모님들은 무겁다는 말 하나 안 하고 오로지 내 아내, 내 남편, 내 아이들이 잘 먹기만을 생각하며 지게를 지곤 했습니다.

그 지게를 지셨던 부모님들은 이제 하나둘 우리 곁을 떠나고 계십니다. 우리는 이만큼이나 컸는데 뒤를 돌아보니 부모님은 안 계시고 그 자리에 빈 지게만 놓여있네요.

아직 부모님이 살아계신 분들도 내 앞 내 아이들만 쳐다보지 말고 내 뒤에서 부모님이 어떤 지게를 지고 계시는지 보세요!

청혼

결혼하신 남자분들, 어떤 식으로 예비신부에게 청혼을 했었나요. 결혼하신 여자분들은 어떤 식으로 청혼을 받았었나요.

우리네 부모님들은 청혼이라는 단어조차 모르고 결혼을 하셨지요. 우리 세대가 결혼할 때도 청혼은 작은 이벤트 정도가 아니었나 생각합니다.

벌써 20~30년 전 얘기네요! 내가 아는 지인은 "우리 한 이불 속에서 기어 나올래?"라는 말로 청혼했다고 합니다. 청혼이라기보다는 우스갯소리에 가까운 말이 씨가 되어 결혼했다고 하네요.

요즘은 청혼도 시시하게 하면 퇴짜를 맞는다고들 합니다. 근사한 레스토랑을 통째로 빌려서 촛불로 하트를 만들어야

하고, 모두 그런 건 아니겠지만 우리네 서민들은 생각지도
못할 청혼이 어딘가에서는 이루어지고 있을 겁니다.

　아들딸 가진 부모님들은 이래나 저래나 근심 걱정뿐이네요.

마음의 문

요즘 시대에 어느 누구나 마음의 병을 한두 가지씩은 갖고 있을 것입니다. 아내 또는 남편, 자녀들에 대한 걱정거리, 5년 뒤 또는 10년 뒤에 해도 될 마음의 걱정거리를 병으로 가지고 살아가고 있습니다. 가진 자는 가진 자대로, 없는 자는 없는 자대로 한평생 걱정거리인 마음의 병 말입니다.

우리네 부모님이 자식들 잘되라고 그랬듯이 우리도 지금 마음의 병을 앓고 있지 않나 싶습니다. 더 건강해야 한다는 미래에 대한 막연한 두려움, 자녀들에 대한 큰 기대, 노후에 대한 마음의 병.

우리는 이 병을 마음의 문으로 열어야 하지 않을까 생각합니다.

일상생활에서 주부들의 흔한 걱정거리란 '오늘은 무엇을 요리해서 남편과 아이들을 먹일까'이겠죠. 하루 세 끼 먹는 것이 가장 흔한 걱정거리 아닌가 싶네요.

　　이제 마음의 문을 열어서 부부와 같이, 또는 친구와 같이 등에 지고 있는 짐을 나누며 살아간다면, 다는 아니지만 마음의 병도 반으로 줄어들지 않을까요. 그러면 부부 사이 또는 친구 사이가 훨씬 좋아지지 않을까 생각합니다.

부부란

자라온 환경이 다른 사람 둘이서 하나가 되는 것을 부부라고 합니다. 서로에 대한 믿음과 사랑이 있어야만 부부 관계를 유지할 수 있지요.

남편과 아내! 각자 생각하는 똑바른 길로만 서로에게 가기를 바라지는 마세요. 그 똑바르다고 생각했던 길에도 샛길, 구불구불한 길, 나쁜 길이 맞닿아 있을지 모릅니다.

혹시 내 남편, 내 아내가 다른 길로 간다고 해도 그 길이 부부에게 큰 흠이 아니라면 알고도 모른 척 지켜봐주는 건 어떠세요? 이것만큼 큰 배려가 또 있을까요.

내 남편, 내 아내의 옳고 그름을 따지기보다는 먼저 상대가 싫어하는 말과 행동을 삼가고 배려하는 것이 부부 사이의 사랑을 더 애틋하게 하는 방법이 아닐까 생각합니다.

우리 인생에 정답은 없습니다!

누가 인생을 어떻게 살았냐고 묻는다면 당신은 뭐라고 대답을 하실 건가요?

사람은 살아가면서 숱한 일을 겪습니다. 난관 없이 세상을 살아온 사람은 없습니다. 삶의 끝은 이미 정해져 있는데도 말입니다. 그 끝을 향해 달리면서 궂은 일도 좋은 일도 이리저리 헤쳐나가는 과정이 우리네 인생입니다.

그런 삶의 과정이 모두 똑같을 수는 없겠지요. 각자 다양한 방법으로 살고 있는데 굳이 타인의 삶에 이래라 저래라 간섭할 필요는 없을 겁니다. 도움이 되는 조언을 해줄 수는 있어도 강요는 금물입니다.

시험지에는 정답이 있지만 우리 인생에는 정답이 없기 때문입니다.

스마트폰

스마트폰은 요즘 시대의 필수품이지요. 초등학생부터 어른들까지 전 국민이 갖고 있는 물건이 바로 스마트폰입니다.

가까이하면 귀찮고 멀리하면 궁금해서 견딜 수가 없네요. 바야흐로 사람이 기계의 지배를 받고 있다고 해도 과언이 아닐 것입니다.

옛말에 늦게 배운 도둑이 날 새는 줄 모른다더니, 요즘 내가 기계의 지배를 받으면서 친구들과 소통하고 있습니다. 옛날에는 손편지나 유선 전화가 유일한 소통의 도구였는데, 시대가 바뀌고 세월이 흐르고 또 우리도 변했습니다.

변하지 않으면 살아갈 수 없는 세상이 아닌가요. 나 또한 변해보려고 문명의 기계에 빠지는 중입니다. 모르는 기능을 하나하나 알아갈 때마다 신기하기도 하고 참 요물이라는 생각이 듭니다.

나도 이제 스마트폰으로 친구들과 소통하고, 더 나아가 세상과도 소통하렵니다.

비

지금 밖에 비가 내리고 있네요.

그 추웠던 겨울도 어느덧 끝을 향해 가고 있습니다. 이 비가 겨우내 쌓여있던 눈과 얼음을 녹일 수 있겠지요? 머지않아 겨울은 봄이란 계절에 밀려 어디론가 사라질 거예요.

이렇게 봄을 재촉하는 비가 내리면, 가수 전영의 '서울야곡'이라는 노래가 문득 생각납니다. "봄비를 맞으면서 충무로 걸어갈 때 쇼윈도 글라스엔 눈물이 내렸다"

비 내리는 밤이 지나면 내일은 햇빛 가득한 아침이 되었으면 좋겠네요. 비 오는 거리를 다니기에는 이제 우리 나이가 제법 되잖아요.

하루 이틀 지나다 보면 겨울도 가고 우리의 얼어있던 마음도 봄비에 눈 녹듯이 녹을 거예요.

조금만 더 기다리면 봄이 온다네요. 기다려주세요. 봄을!

부지깽이

  분명 아궁이에 불을 땔 때 쓰는 것이 부지깽이인데 우리
네 부모님들은 다용도로 사용했습니다.

  불을 땔 때는 부지깽이요, 자식을 야단칠 때는 회초리가
되기도 했지요. 우리가 가지고 놀 땐 시커먼 끝 부분으로 벽
에 그림도 그리고 글씨도 쓰는 붓이 되었습니다. 그러다가
혼이 나느라 다시 회초리로 변했던 어린 시절의 부지깽이.

  지금은 불을 땔 아궁이도 부지깽이도 없네요.

  회초리 대신 그 부지깽이로 혼내줄 부모님조차 그리운 사
람도 있을 것입니다.

내 마음의 고향

내가 태어나고 자란 곳은 전형적인 시골 마을입니다. 산골 짜기까진 아니지만 길바닥에 자갈이 굴러다니고 군데군데 웅덩이가 파여 있던 신작로를 따라 국민학교를 다녔습니다.

등하굣길에 신작로를 오고 가는 리어카를 밀어주기도 했습니다. 고물을 받고 울릉도 호박엿을 바꿔주던 리어카였지요. 그 시절에 먹었던 호박엿은 어떤 군것질보다도 맛있었습니다.

나는 지금도 내가 태어난 이 고향을 벗 삼아 살고 있지만, 타관 땅에 둥지를 튼 친구들은 고향이 그립다 한들 자주 찾아올 수 없겠지요. 거기다 부모님과 형제마저 고향에 없다면 더더욱 옛날이 그립지 않을까요?

몇십 년 만에 고향이라고 찾아와도 내가 살던 집은 온데간데없고, 매일 걸어서 학교에 다니던 그 길도 아스팔트 포장으로 덮여 있을 것입니다. 고향은 어머니 품처럼 따뜻한 곳이었는데 이제는 찾아가도 반겨줄 사람이 없네요.

그립습니다, 내 마음의 고향!

아들과 딸

아들과 딸, 분명히 같은 자식인데 우리네 부모님들은 차별을 많이 하셨습니다.

아들은 대를 잇고 당신이 죽으면 제삿밥이라도 올리지만 딸은 그렇지 않다는 생각이셨지요. 밥상에 생선이 올라오면 살코기는 아들 몫이고 딸에게는 뼈에 붙은 고기나 남곤 했습니다.

딸은 잘해도 혼나고 못해도 혼이 났지요. 반면에 아들은 잘못을 해도 큰 문제 없이 지나가는 일이 비일비재하지 않았나요?

부모님 입장에서는 부모님의 부모님, 즉 우리가 태어나기 훨씬 오래전부터 전해 내려온 풍습을 따르신 것에 불과하겠지만요.

　지금은 그렇게 꾸지람 많이 듣고 자란 딸들이 결혼하고 자식을 키우며 부모님에 대한 사랑을 아들들보다 더 애틋하게 간직하고 있습니다. 같은 여자이기에 어머니를 이해할 수 있는 걸까요?

　내 아내도 여자이고 내 어머니도 여자입니다. 나의 소중한 동반자!

노년의 꿈

노년에도 꿈이 있을까요?

어릴 적 꿈은 시시때때로 바뀌었습니다. 꿈이 뭐냐고 물을 때마다 달라지곤 했지요.

청년 시절에는 좋은 사람과 결혼하는 게 꿈이었네요. 지금 나이에 와서는 자식들이 좋은 직장에 다니고 좋은 사람을 만났으면 하는 게 바람이자 꿈이 되었습니다.

노년에도 물론 꿈이 있습니다. 내가 병들지 않고 건강하게 지내면서 요양원에 가지 않고 자식들한테도 짐이 안 되었으면 하는 바람이지요.

나뿐만 아니라 우리가 가진 노년의 공통된 꿈이 아닐까 생각해봅니다.

기억

사람에게 기쁘고 즐거운 일들만 기억할 수 있는 기능이 있다면 얼마나 좋을까 생각해봅니다.

살다 보면 별의별 일을 다 겪지요. 내 의지와는 상관없이 휘말리는 일도 있고요. 어차피 피하지 못한다면 내 운명이라 여기고 자포자기할 때도 많습니다.

나쁜 일을 잊어버릴 수 있다면 얼마나 좋을까요? 그런데 오히려 좋았던 일은 시간이 지날수록 기억 저편으로 사라지고, 나빴던 일은 10년, 20년이 지나도 생생해서 몸서리치기도 합니다.

사람은 기계가 아니기에 좋은 일, 나쁜 일을 마음대로 선택해서 기억할 수 없습니다. 좋았던 일만 기억해도 우리 인생은 벅찬데 말이지요.

나빴던 일들을 기억 저편으로 묻어둘 수 있다면 우리 마음이 한결 밝아지게 될까요.

옛날 학교

국민학교 1학년 때의 기억입니다. 학교 건물의 벽면은 송판으로 만들어져 있었습니다. 처음 입학했을 때 왼쪽 가슴에 옷핀으로 이름표와 하얀 손수건을 달았던 기억이 납니다.

그 오랜 기억 속에서도 학교 건물은 내 나이보다 훨씬 늙어보였습니다. 교실 바닥이 나무판이어서 청소할 때 윤기를 내기 위해 집에서 양초와 들기름을 가져다가 닦곤 했습니다.

그랬던 건물이 언제 헐려서 지금처럼 좋은 건물로 변했는지 모르겠습니다. 교실 바닥도 시멘트로 바뀌어서 이제는 양초와 들기름이 없어도 쉽게 청소할 수 있을 것 같네요.

요즘은 그 옛날 학교와 같은 건물을 아예 찾아 볼 수가 없습니다. 박물관에 가도 없는 것이 국민학교 1학년 때 내가 다녔던 그 학교 건물이 아닐까 생각합니다.

보리밥과 도시락

우리 국민학교 시절에는 쌀이 귀해서 보리나 밀가루와 혼식을 권장했던 때가 있었습니다. 학교에 도시락을 싸가면 혼식을 하는지 검사부터 받고 점심을 먹었지요.

네모난 양은으로 볼품없게 만들어진 도시락을 가지고 다녔습니다. 그때는 보리밥이 싫었습니다. 특히 꽁보리밥은 왜 그리 깔깔하고 시커멓던지. 도시락 아래쪽에 쌀밥을 깔고 위에만 살짝 보리밥을 얹어서 검사를 피해가던 친구도 있었지요.

이만큼 살고 보니 많은 것이 부족했던 그 시절조차 그립습니다.

걸어가도 끝은 보입니다

우리에게는 남들보다 먼저 가야만 직성이 풀리는 경향이 있습니다.

달리기 시합이라면 뛰어야겠지만, 우리 인생은 굳이 뛰어가지 않아도 목적지가 정해져 있으니 차라리 걸어서 가는 것이 훨씬 풍성한 삶을 사는 방법이지 않을까 생각합니다.

걷다 보면 흐르는 냇가 속도 들여다보고 땅에서 싹이 움트는 모습도 보고, 이 세상 볼거리가 수없이 많은데 왜 앞만 보고 뛰려고만 하는지 모르겠습니다.

길고도 짧은 인생! 먼저 도착한들 그곳에는 아무도 없을 겁니다. 너무 빨리 뛰어왔기에 뒤돌아봐도 당신을 부르는 이 하나 없는 외롭고 쓸쓸한 곳입니다.

세상은 혼자 뛰는 길이 아니라 나와 너, 우리가 함께 걷는 길입니다. 손에 손잡고 세상 이야기를 나누며 슬픔도 행복도 함께 느끼는 길입니다.

홀로 고독한 길이 아니라, 손이 따뜻하고 마음이 따뜻하고 심장이 뛰는 그런 길을 걸어가면 좋겠습니다.

당신은 누군가의 희망입니다

당신은 누구의 희망인가요? 남편 또는 아내, 아이들의 희망인가요?

그래요, 나는 당신의 희망이고 당신은 나의 희망입니다.

희망이라는 울타리 속에서 서로의 바람을 하나하나 이루어가는 것이 바로 행복이 아닐까요? 묻어두었던 희망, 저 멀리 날려버렸던 그 희망을 나와 함께 다시 한 번 펼쳐보세요.

내가 누군가에게 희망이 되고, 당신이 또한 나에게 희망을 줄 수 있다면 그만큼 좋은 관계가 또 있을까요?

희망이란 우리 모두에게 꿈을 주는 가장 아름다운 단어입니다!

이불 속의 지도

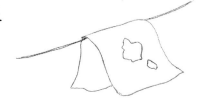

어렸을 때 한 번도 이불 속에 지도를 그려보지 않은 사람이 있을까요. 새벽에 자다 깼더니 엉덩이가 축축한 그 느낌!

나도 모르게 지도를 그려놓고는 내가 그리지 않은 것처럼 몰래 자리를 바꿔보기도 했습니다. 철없는 계획이었지요. 결국 머리에 키를 쓰고 이웃집에 소금 얻으러 갔던 기억이 납니다.

자기 전에 물을 많이 마시면 어른들에게 "그러다 이불에 지도 그린다"는 핀잔을 듣곤 했던 시절이 있었네요.

스마트폰의 일기

저는 스마트폰입니다. 주인을 잘못 만나서 새벽 4시 30분 정도부터 부지런히 일을 합니다.

남들은 모두 단잠을 자는 시간에 저는 여기저기 바쁘게 문자와 카톡을 보내며 설쳐대곤 하네요. 밤새 먹은 밥으로 하루를 꼬박 버티라고 하니 죽을 지경입니다.

낮에는 더 바쁩니다. 예쁜 사진이 있으면 친구들에게 보내야죠, 주인 점심상을 사진으로 찍어서 올려야죠. 정작 내게는 밥도 안 주고 부려먹기만 하면서요. 간간히 차 속에 집어넣고 찔끔찔끔 밥을 주기는 하는데 그걸로 양이 찰 리가 있나요.

저녁이 되면 나는 밥을 달라고 징징댑니다. 그제야 요기나 하라고 코드를 꽂아주니 우리 주인, 사람 맞나요?

다른 주인을 만났다면 이런 고생은 하지 않았을 텐데 어쩌다 이런 초짜 주인을 만났는지, 부려먹기는 엄청 부려먹고 주는 것은 짠돌이가 따로 없습니다.

그래도 말 안 들으면 핸드폰 가게에서 다른 스마트폰을 사올까 봐 힘들어도 말은 잘 듣는 편이에요. 우리 주인이 초짜지 내가 초짜는 아니잖아요.

그래도 나를 많이 위해주기는 합니다. 화면에 먼지라도 묻을세라 주인 얼굴 닦듯이 깨끗하게 닦아주더군요. 나를 위해서 닦는 건지, 자기가 좋으려고 닦는 건지는 몰라도 아무튼 주인은 잘 만나고 볼 일입니다.

지금도 배가 고파서 배터리 그림에 '10'이란 숫자를 띄워놨는데도 끼적대느라고 놓아주지를 않으니 어찌하면 좋을까요?

말

　말 한마디로 사람이 죽고 살기도 하는 요즘 세상입니다. 말 한마디로 천 냥 빚을 갚기도 하고 오히려 천 냥 빚을 질 수도 있습니다.

　한평생 고운 말만 쓰고 살 수는 없겠지요. 살다 보면 때론 격앙된 말도 나오고, 때론 욕을 하게 될 때도 있습니다. 하지만 한번 뱉어낸 말은 주워담을 수 없으니 남에게 상처가 되는 말은 최대한 줄여야겠지요?

　말은 천 리를 간다고 했습니다. 돌고 도는 부메랑이 되어서 내 발등을 찍을 수도 있습니다.

　고운 말, 예쁜 말을 쓰도록 노력합시다.

자화상

여러분은 먼 훗날 자화상을 어떤 모습으로 그리고 싶으세요?

지금까지 살아온 모습 그대로 그릴 건가요, 아니면 인위적으로 꾸며낸 모습으로 그릴 건가요? 자신의 모습을 그린 그림이 자화상인데 혹 그릴 것이 없는 사람도 있을까요?

나는 먼 훗날 자화상에 지금 그대로의 모습을 그릴 것입니다. 자화상을 거짓으로 그려봤자 의미가 없으니까요.

여러분의 자화상! 예쁘면 예쁜 대로 미우면 미운 대로 그리세요. 내 모습이 그대로 담길 그 자화상이 마지막 영정이 될지도 모르잖아요.

여러분의 자화상이 미소를 띠고 있으면 좋겠습니다.

내가 국문과를 나왔다면?

친구들 또는 내 글을 읽은 사람들 몇몇은 내가 국문과를 나왔어야 할 사람이라고들 하네요.

과연 그럴까요? 아무나 쬐끔 *끄적끄적*한다고 국문과를 나온다면 국문과 못 나올 사람이 어디 있을까요?

내게는 3D 업종이라는 하우스 일이 천직입니다. 직업에 귀천이 있다고 해도 나는 이 직업을 택할 것 같네요.

내가 국문과를 나와서 지금보다 더 좋은 직업을 가게 될 수 있을지는 몰라도, 그렇게 되면 친구들이 지금처럼 내 일터에서 삼겹살을 구워 쌈에 싸 먹을 수 없게 되지요.

나는 지금이 더 좋습니다. 친구들과 이렇게 저렇게 어울리면서 내 방식으로 삶의 의미를 찾아가는 시간들.

국문과에서 배우는 미사여구를 동원해서 쓴 인위적인 글보다는 모르면 모르는 대로, 알면 아는 대로 적당히 쓴 이것이 진짜 나의 글이네요.

당신의 봄은 문밖에 있습니다

따뜻한 봄이 왔네요, 여기에!

당신의 봄은 어디쯤 와 있나요?

정원쯤에 와 있을까요, 아니면 정원을 가로질러 바로 문밖까지 와 있을까요?

지금 당신의 봄은 당신이 어서 문을 열고 맞이해주기만을 바라고 있을지도 모릅니다.

문틈으로 봄기운 가득한 향기가 나지 않나요?

어서 문을 열어 보세요.

당신이 그렇게도 기다리던 봄이 지금 문밖에서 당신을 기다리고 있으니까요!

고객님! 무엇을 드릴까요?

고객님, 사랑이 필요하신가요? 아니면 행복이 필요하신가요?

사랑과 행복이 물건이라면 모든 고객님께 드릴 수 있을 텐데 안타깝게도 그럴 수가 없네요. 사랑과 행복은 고객님이 직접 만들어 나가는 수밖에 없어요.

혼자 할 수 있는 것이 아니기에

남에게 얻을 수 있는 것도 아니기에

반드시 상대가 있어야만 만들 수 있는 사랑과 행복!

저는 고객님께 무엇을 드려야 할까요? 저의 사랑과 행복이 담긴 바구니를 드릴까요? 그러면 고객님은 행복해지실까요?

고객님, 직접 만들어보세요. 고객님의 사랑과 행복을 담을 바구니를 만들고 또 그 안에 담을 사랑과 행복을 만들어 보세요.

제가 드릴 수 있는 것은 이 말밖에 없는 것 같아요. 고객님을 사랑하니까요!

시곗바늘은 멈추지 않습니다

시곗바늘은 멈추지 않습니다. 우리 인생의 시계도 돌고 돌아 여기까지 오고야 말았습니다.

멈춰버린 시곗바늘은 이미 시계로서의 수명을 다한 고철 덩어리에 불과하겠지요.

아무리 시계가 낡았어도 건전지만 새것으로 갈아 끼우면 또다시 돌아가기 시작할 거예요. 우리 인생의 시계도 낡긴 했지만 쉼 없이 돌아갈 겁니다. 아직 멈출 때는 아니니까요.

시간을 가리키는 시계는 틀리면 안 되지만 우리 인생의 시계는 조금 틀리면 어떤가요.

시곗바늘이 도는 것처럼 우리의 시간은 멈추지 않아요. 아직 힘차게 돌아야 할 시계이니까요.

멀리 가지 마세요,
돌아올 때 힘들지 않게

사람들은 싸울 때 종종 다시는 안 볼 것처럼 구는 경우가 있습니다.

하지만 아무리 싸운들 평생 없었던 사람처럼 지낼 수 있나요. 그러다 혼자 남으면 이 세상 어떻게 살아갈까요.

실컷 다투고 고개를 돌리면 무엇이 남는지요. 돌아갈 수 있는 길도 막아놓고 잘났다고 하네요.

아무리 싸워도 다시 돌아갈 때 힘들지 않도록 묻어도 될 것은 묻어두세요. 싸움이 모든 일을 해결하지는 못하잖아요.

너무 멀리 가버리면 정작 다시 돌아가야 할 때 더 많이 힘들고 후회스러울 수 있습니다.

인생의 향기

누구든 인생에는 향기가 있습니다.

행복하게 살아왔다면 좋은 향기가 날 것이고 힘들게 살아왔다면 쓰디쓴 냄새가 나겠지요.

100년을 살아온 사람의 인생에서는 어떤 향기가 날까요? 오랜 고난과 행복이 어우러져 달콤쌉쌀한 그만의 향기가 날 겁니다.

지금 당신에게는 어떤 향기가 나고 있나요? 쌉쌀한 고난의 냄새인가요? 아니면 달콤한 행복의 향기인가요?

행복하고 즐겁게 살고 싶은 마음은 다 똑같고, 다들 그렇게 살려고 노력합니다. 여러분의 인생에서 행복의 향기가 날 수 있게 해보세요.

여러분에게는 충분히 그럴 자격이 있습니다. 여러분 인생에서는 코로 맡을 수 있을 만큼 좋은 향기가 풀풀 풍길 거예요.

늦지 않았습니다. 지금부터 당신의 향기를 가꾸세요!

나는 너에게 너는 나에게 어떤 친구였니?

친구야, 나는 너에게 어떤 친구였니? 네가 힘들 때, 괴로워할 때, 나를 찾고 있을 때 나는 네 친구의 자리에 있었니? 혹 바쁘다는 핑계로 멀리하지는 않았는지 모르겠다.

친구야, 우리는 인생길의 동반자이지 않니? 좋아도 친구고, 싫어도 친구지. 어디 좋은 날만 있었겠니. 하지만 나도 너도 어차피 같은 길을 함께 걷고 있단다.

너는 내게 그냥 좋은 친구야. 별다른 설명이 필요없는 친구! 내가 너를 찾고 싶을 때 너도 친구의 자리에 그대로 있어다오. 내가 부르면 들을 수 있는 곳에.

먼 훗날에도 "친구야!"하면 금방 달려올 수 있도록 건강도 잘 챙겨야 한다. 그게 친구잖니?

여보게 친구!

내 마음과 네 마음

　흔히 어떤 싸움이나 갈등에 부딪쳤을 때 우리는 상대의 마음이 내 마음과 같으면 이런 싸움이나 갈등이 없었을 거라고 생각하곤 합니다.

　물론 그조차도 자기 위주의 생각이라고 볼 수도 있지만, 정말 세상 모두가 내 마음만 같다면 마찰이 생겨서 얼굴 붉힐 일도 없겠지요.

　내 마음이 옳다는 뜻이 아니라, 이 세상은 홀로 살아갈 수 없는 곳이니 서로가 서로의 마음을 이해하도록 노력한다면 그만큼 갈등이 줄어들지 않을까요? 내 마음과 상대의 마음이 부딪친들 소리만 요란하고 남는 것은 상처뿐이니까요.

　내 마음과 네 마음을 서로 이해하는 사람들이 되었으면 합니다.

내 마음속의 거울

여러분 마음속의 거울에는 어떤 모습들이 비치고 있나요?

여러분의 모습이 희미하게 보이나요, 아니면 또다른 모습들이 비추어 보이나요?

거울은 나 혼자 사용하기도 하지만, 여러 사람이 사용하기 위해서 벽에 붙어있거나 도로에 세워져 있기도 합니다. 여러 장소에서 쉽게 볼 수 있는 것이 거울이지요. 그러나 마음속 거울은 우리 마음속에만 존재합니다.

마음속 거울에 여러분을 비춰보세요. 마음속 거울은 여러분이 살아온 삶의 모습을 보여주니까요. 내 삶은 어떤 외모인가, 머리결은 흐트러지지 않았나, 옷매무새는 제대로 되었나, 하루에도 몇 번씩 보세요.

착하고 성실히 살아왔다면 마음속 거울에 비치는 여러분의 모습은 분명 환하고 예쁠 것입니다.

행복하지 않을 이유는 없습니다

　새벽 3시 반, 밖으로 나가서 맑디맑은 새벽 공기를 마십니다. 가로등만이 여기저기서 깜박깜박 흔들리고 있습니다. 둥근 달도 서쪽으로 기울어 가고, 시골이라 그런지 별도 선명하게 총총거리네요.

　모두들 피곤함을 잊기 위해서 단잠을 자고 있을 시간입니다.

　어떤 일을 하고 살든 행복하지 않을 이유는 없습니다. 모두 각자의 자리에서 나름대로 한몫 하면서 열심히 살아가고 있으니까요.

　가족을 위해서, 사회를 위해서 젊음을 모두 쏟아붓고 있는 여러분이야말로 정말 행복해야 할 사람들입니다. 일을 하고 있는 것이 얼마나 좋은지, 내가 할 수 있는 일이 있다는 것 또한 얼마나 행복인지.

행복이 별것인가요. 행복은 가진 자들의 전유물이 아닙니다. 우리는 이미 작은 감동만으로 눈시울을 붉힐 줄 압니다. 나이를 먹어서 눈물샘이 느슨해진 것이 아니라, 행복을 느껴서 눈물이 나는 것 아니겠나요?

우리가 행복하지 않을 이유는 없습니다. 행복을 마다할 이유도 없겠지요. 우리는 이미 행복하게 살고 있으니까요. 그것도 많이요.

정해져 있는 길이 아니기에 갑니다

내가 가는 길은 정해져 있지 않기에 나는 갑니다. 그 길이 험한 길일지라도 그것 또한 나의 운명이 아닐까 합니다.

세상 풍파 맛도 보고, 조금은 후회도 해보고, 아~ 이 길은 내 길이 아닌가 뒤도 돌아보고, 그래도 내 길이라고 생각되면 그 길을 가겠습니다.

누구나 평탄대로, 양탄자가 깔린 길만을 갈 수는 없잖아요. 가다 가다 지쳐 쓰러질 때도 있고 이 길을 가는 스스로를 원망할 수도 있겠지요. 그런 것쯤 각오하지 않았겠습니까.

사람들은 후회와 미련과 아쉬움을 겪으면서 자신의 길을 갑니다. 모두 그렇고 그렇게 살아갑니다.

다투기도 하고 싸우기도 하고 듣기 싫은 소리도 나눠 가며 걷는 그 길이 차라리 더 진솔한 삶의 길일 겁니다.

인생의 표지판

내 인생의 표지판은 어떤 그림으로 방향을 가리키고 있을까요.

도로의 표지판처럼 내 인생에도 가야 할 방향을 알려주는 표지판이 있으면 좋겠네요. 이 넓은 세상에서 내가 가야 할 방향이 어디인지도 모를 때가 있잖아요.

너도나도 각자의 표지판을 그려놓으면 나는 이쪽으로, 너는 저쪽으로 서로 다른 방향을 가리킬 수도 있을 겁니다. 처음 방향은 달라도 어느 시점에서는 헤어졌던 사람들을 다시 만나 그동안 지나온 길에 대해서 이야기하겠지요.

여러분의 표지판은 어느 방향을 가리키고 있나요? 그 방향은 진짜로 가고 싶은 방향인가요?

세상을 즐기면서, 하고 싶은 일들을 하면서 가는 것이 바로 내 인생의 표지판이 아닐까 합니다.

막걸리 한 잔의 삶!

술을 마실 줄 아는 사람들은 술에 인생을 담고 애환을 그리며 속내를 이야기합니다.

술 한 잔에는 온갖 사연들이 담겨져 있지요. 지금까지 살아오면서 겪은 슬픈 일, 괴로운 일들이 술잔 속에 녹아내렸기 때문일까요.

한 잔 술로 인생을 살면서 나와 너, 우리의 세상 이야기를 터놓고 나누지요. 누가 옳고 그른지 따지지 않은 채 그저 한 잔 술로 노래를 합니다.

하얀 막걸리 한 잔에 하루의 피로를 풀고 또 한 잔으로 내일을 위한 재충전을 하지요.

멋드러진 주막집이 아니면 어떤가요. 찌그러진 주전자에 찌그러진 양은 술잔이면 또 어떤가요.

찌그러진 술잔에 한 잔 가득 받아서 김치조각 하나 안주 삼아 마시면 휘황찬란한 양주집보다도 더 술맛이 좋지 않을까 합니다.

지금처럼만

사람들은 현재에 안주하고 싶을 때 "지금처럼만"이라는 말을 하곤 합니다.

잘나가고 있을 때 지금처럼만 좋으면 더 바랄 것이 없겠다는 생각 한 번쯤 해보셨을 겁니다. 좋은 의미도 있겠지만, 현재를 벗어나고 싶지 않은 불안한 마음 또한 있기 때문이겠지요.

다변화되는 시대, 우리도 그 흐름에 부지런히 맞추어 나가야 하는 때이지만, "지금처럼만"이라고 말할 수 있다면 우리는 행복한 현재를 살고 있다는 뜻이니 이만큼 좋은 의미의 말도 없을 거예요.

우리 모두의 삶이 이 말처럼만 되었으면 좋겠네요.

나이와 생각

어릴 때는 어릴 때만의 생각이 있듯이, 나이를 먹으면 나이를 먹은 만큼 말과 행동이 따라야 합니다. 나이만 먹었다고 다 큰 것이 아니기에 생각도 함께 성정해야 하지요.

나이를 먹을수록 행동반경이 좁아지는 것을 스스로 느끼게 됩니다. 스스로 하나둘씩 좁혀가기 때문이지요. 하지만 세상의 모든 일들이 젊은이만의 무대는 아닙니다. 우리도 충분히 그 무대에 설 수 있다는 사실을 잊지 마세요.

이 나이에 무엇을 할 수 있을까? 찾아보면 분명히 있습니다. 젊게 산다는 게 말처럼 쉬운 일은 아니지만, 나이에 굴하지 말고 젊은이 못지않은 생각으로 힘껏 인생에 부딪쳐 보세요.

한 방에 대한 꿈

한 번쯤은 인생역전에 대한 꿈을 꾸어 보았을 것입니다. 복권이든 무엇이든 한 방이면 된다는 막연한 생각! 그러나 그 한 방이란 것은 안타깝게도 소수의 행운아만을 선택할 뿐입니다.

복권을 사본 적 있나요? 종이 한 장에 작은 소망을 담고 일주일을 부푼 마음으로 보내게 되지요. 결과가 어찌되든 일주일 동안은 0.1퍼센트의 작고작은 희망을 버리지 않았을 겁니다.

복권 당첨은 막연한 한 방이지만, 복권에 작은 소망을 담아 기다리는 일주일은 그 한 방을 위한 노력입니다. 노력 없는 결과는 없겠지요.

우리 인생에서도 작은 소망을 담은 노력이 큰 인생역전으로 변하는 날이 왔으면 합니다.

하루를 산다 하더라도

사람이 하루를 산다 하더라도 즐거운 마음으로, 행복한 마음으로 살아야 하지 않을까요. 하루 이틀을 산다 하더라도 찡그리고 얼굴 붉히며 살아야 하나요.

내 삶이 상자의 귀퉁이처럼 모난 삶, 뾰족한 삶을 살아오지 않았는지 뒤돌아보세요. 내 옆에 친구는 있는지, 나 때문에 상처받지는 않았는지, 내 삶이 모든 사람에게까지는 아니더라도 둥글둥글하게 부드러운 사람이었나 생각해보세요.

사람이 백 년을 살면 뭐하나요. 모나고 뾰족하게 산다면 다른 사람 마음에 상처를 줄 수 있지 않나요.

세상은 그저 잘 굴러갈 수 있도록 둥글둥글한 삶이 제일 좋은 것 아닐까요. 상처받지 않고 상처 주지 않는 그런 마음으로 백 년을 살아야 하지 않을까요?

친구, 친구, 친구야

친구야, 친구 앞에서 돈 있다는 자랑 아닌 자랑은 하지 말자.

너는 자랑해서 기분이 좋을지 몰라도 네 앞에 있는 친구는 자존심이 상할 수 있고 자괴감도 느낄 수 있지 않겠니? 그렇게 자랑하고 싶으면 친구들에게 막걸리라도 한 사발 사 주면서 하면 어떨까 생각이 들어.

장롱 속에 금붙이가 있다 한들 밖으로 나오지 않는 한은 흔한 쇠붙이에 불과하지 않겠니?

지금까지 살아오면서 너만큼 노력하지 않은 친구는 없을 거야. 네가 부자라면 축하해. 친구는 돈이 없어도 친구고 돈이 있어도 친구란다. 이것은 나도 너도 지켜야 할 가장 첫 번째 우정이 아닐까 싶어. 있어도 감출 줄 알아야 하고 알아도 모른 체할 줄을 알아야 하는 것이 친구에 대한 예의라면 예의 아니겠니?

친구는 그냥 좋아야 하는 것이 아닐까 싶네. 다른 수식어를 붙일 필요 없이 그냥 친구라서 말이야.

세월아 세월아

세월아, 세월아. 흐르지 말라고 하면 흐르지 않을소냐. 너도나도 세월 따라서 흐르는 것을 누가 막을소냐, 누가 잡을소냐?

흐르는 세월 따라서 여기까지 왔건만 다시 돌아간들 무슨 소용이 있을소냐. 세월에 몸을 기대어 유유히 흐르면 언젠가는 그곳에 가지 않을소냐.

나이 먹는 것을 두려워하지 말고 세월 가는 것을 탓하지 말자. 세월은 누구에게나 똑같이 흐르는 법이니 원망도 말고 그저 따라가거라.

부지런히 가다 보면 좋은 모습도 볼 수 있고 나쁜 모습도 보게 될 것이다. 그게 내 모습이려니 하고 누구도 탓하지 않은 채 세월에만 몸을 맡기거라.

희망의 씨앗을 뿌리세요

희망의 씨앗을 뿌리세요. 우리에게 불행만이 남아있지 않도록요. 희망의 씨앗을 뿌리면 사랑의 꽃과 행복의 열매가 주렁주렁 맺히지 않을까요?

여러분의 사랑과 행복은 여러분의 마음의 씨앗에 달려있어요. 마음이 고우면 고운 열매가, 마음이 미우면 미운 열매가 맺힐 거예요.

가슴에 손을 얹고 심장 뛰는 소리를 느끼면서 내 안에 희망이 자라고 있는지 살펴보세요.

씨앗을 뿌리지도 않고 싹이 트나 쳐다본들 소용이 없답니다. 희망의 씨앗은 다른 사람이 대신 뿌려줄 수 없거든요.

고운 마음으로 희망의 씨앗을 뿌려보세요. 오래 걸리지 않을 거예요. 진짜 사랑의 꽃과 행복의 열매가 달리는지 두근두근한 마음으로 기다려보세요.